D1146630

Des bonbons
et des méchants

Du même auteur :
Chez Soulières éditeur :

Le bal des chenilles, suivi de **Une bien mauvaise grippe**, coll. Ma petite vache a mal aux pattes, réédition 2001.

Aux éditions Pierre Tisseyre :
La nuit blanche de Mathieu, coll. Papillon, roman, 1988.
Le chevalier de Chambly, roman, coll. Papillon, 1992.
Le chercheur d'étoiles, conte, coll. Coccinelle, 1992.

Chez d'autres éditeurs :
Le baiser maléfique, légende (adaptation), illustré par Stéphane Jorisch, éd. Les 400 coups, 1995 (réédition), mention au Prix du gouverneur général pour les illustrations.
Une gardienne pour Étienne, illustré par Anne Villeneuve, coll. Grimaces, éd. Les 400 coups, 1998. Prix M. Christie 1999.
L'abécédaire des animots, illustré par Marjolaine Bonenfant, éditions Les heures bleues, 2000. Finaliste au Prix du Gouverneur général pour les illustrations.
Saperlipopette Violette, illustré par Diane Blais. éd. ERPI, 2001.
Pas de panique!, illustré par Anne Villeneuve, éd. ERPI, 2002.
Un coeur en chômage, illustré par Steeve Lapierre, éd. ERPI, 2002.
Le Prince des marais, illustré par Stéphane Bourrelle, éd. Les 400 coups, 2002.

Des bonbons et des méchants

un roman écrit par Robert Soulières
illustré par Stéphane Poulin

SOULIÈRES ÉDITEUR

case postale 36563 — 598, rue Victoria,
Saint-Lambert, Québec J4P 3S8

Soulières éditeur remercie le Conseil des Arts du Canada et la SODEC de l'aide accordée à son programme de publication et reconnaît l'aide financière du gouvernement du Canada par l'entremise du Programme d'Aide au Développement de l'Industrie de l'Édition (PADIÉ) pour ses activités d'édition. Soulières éditeur bénéficie également du Programme de crédit d'impôt pour l'édition de livres – Gestion Sodec – du gouvernement du Québec.

Dépôt légal: 2003
Bibliothèque nationale du Canada
Bibliothèque nationale du Québec

Soulières, Robert

Des bonbons et des méchants
(Collection Ma petite vache a mal aux pattes ; 51)

Pour les jeunes de 6 à 9 ans.

ISBN 2-922225-75-5

I. Poulin, Stéphane. II. Titre. III. Collection.

PS8587.O927D47 2003   jC843'.54   C2003-940707-1
PS9587.O927D47 2003
PZ23.S68De 2003

Conception graphique de la couverture:
Annie Pencrec'h

Logo de la collection:
Caroline Merola

*Travailler c'est trop dur,
mais voler c'est pas beau.*

Zachary Richard

À Édith et à Martin

1

Des bonbons

Je vais vous raconter une histoire presque vraie.

J'étais en sixième année. C'était un jour de l'Halloween, au début des années soixante-dix. 1970, bien sûr, pas 1870 !

—Tu rentres à neuf heures, avait dit ma mère, sinon...

Elle n'avait pas terminé sa phrase. Et, pour être sûr et certain que je ne ferais pas semblant d'ignorer l'heure, mon grand frère Raymond, qui est bien trop vieux pour passer l'Halloween, m'avait prêté sa montre. Des fois, mon frère devrait se mêler de ses affaires. Bref, cette année-là, pas d'excuses possibles.

La soirée allait bon train. Ce qui veut dire que moi et ma bande de pirates (Luc, Pierre et moi), on avait récolté un énoooorme sac de friandises. Plus gros que ça même ! Bien sûr, il y avait des pommes et quelques oranges pour faire plaisir aux mères. Mais d'habitude, je laissais les fruits sur ma commode durant quelques jours avant qu'ils atterrissent dans la poubelle... Non, mais quelle brillante stratégie !

Heureusement, par contre, il y avait surtout des croustilles*, des

---

* Prononcez chips.

réglisses noires et des rouges aussi, de la tire Sainte-Catherine, des tablettes de chocolat à profusion et des sous aussi pour l'Unicef.

La récolte avait été bonne. Mais je ne vous ai pas tout dit. Ce soir-là, Luc nous a proposé une idée assez spéciale : voler les sacs de bonbons des petits jeunes de 3e année. Ceux qui ne passent plus avec leurs parents parce qu'ils se croient plus vieux qu'ils le pensent.

Tant pis pour eux. Tant mieux pour nous.

Si l'Halloween était la fête des pirates, ce pouvait être aussi celle des voleurs, non ?

Toujours est-il que Pierre n'avait pas dit non. Moi, j'avais protesté pour la forme. Des fois, les pirates, ça ressemble à des moutons.

Il faut dire qu'on avait mis le paquet pour terroriser les plus jeunes : cris de guerre, insultes, coups d'épée sur les clôtures de métal, menaces physiques, tout y avait passé. Les petits jeunes repartaient les mains vides et le coeur gros. Nous, on riait comme des pirates en haute mer après une bataille épique.

En moins d'une heure et sans trop d'effort, on avait ramassé un joli butin. À vue d'oeil, trois gros sacs d'épicerie bruns. Chacun ! Du jamais vu !! Trois gros sacs... mais comment faire pour transporter tout ça jusqu'à la maison, sans rien échapper ?

Luc avait prévu le coup. Il nous a tendu un grand sac vert pour qu'on puisse transporter notre trésor qu'on mettrait des semaines et des semaines à

faire disparaître dans nos ventres. On riait encore comme des fous lorsque j'ai vu l'heure : neuf heures quarante-cinq.

—Il faut que je file les gars, avais-je dit, sinon ma mère va me tuer.

C'était une figure de style bien sûr, car ma mère est douce comme de la soie.

—Moi aussi, il faut que je rentre, a répété Luc.

Pierre avait compris.

—On se revoit demain à l'école, a-t-il conclu d'une voix un peu triste. Mais pas un mot, c'est un secret, avait-il ajouté.

Comme si c'était nécessaire.

2

Des méchants

Il faisait noir comme chez le loup. Enfin, très très noir pour un pirate devenu solitaire. Pour déjouer la peur, j'ai couru à toutes jambes. J'ai pris la rue Cartier à toute vitesse. J'ai débouché sur Bellechasse, j'ai sprinté comme un médaillé olympique jusqu'à la rue Beaubien et là, à bout de souffle, j'ai ralenti ma foulée.

Passant près d'une ruelle, j'ai entendu un :

—Psssiiit ! Hé p'tit gars !

Je me suis retourné. Je n'aurais pas dû. Mais avais-je le choix ? Dans cette ruelle mal éclairée, il y avait la bande à Dubuc que j'ai tout de suite reconnue.

La bande des trois D, comme on l'appelait, car il y avait aussi

Desbiens et Dubois. Des gars pas commodes avec des airs vraiment pas commodes. Des grands du secondaire... quand ils allaient à l'école.

Même sans déguisement, Dubuc, Desbiens et Dubois faisaient peur à tout le quartier quand l'envie leur en prenait.

Une envie comme ce soir, tiens ! Leurs bras étaient gros comme des bâtons de baseball, leurs poings durs comme des noix de coco. Et comme si ce n'était pas assez, ils avaient un regard d'enfer. Un regard à faire peur au diable lui-même.

—Hé p'tit gars...

Je n'aimais pas tellement ça me faire appeler p'tit-gars, mais vu les circonstances... j'ai fait comme si ça ne me dérangeait pas.

— ... je trouve qu'il est pas mal tard pour sortir les vidanges, a ricané Dubuc.

Le reste de la bande a émis un sourd ricanement. On aurait dit des rats.

— C'est que...

— C'est que quoi ?

— C'est que...

— Ne cherche pas midi à quatorze heures et donne-nous ton butin, gamin !

— Nous aussi on aime ça des bonbons, a enchaîné Dubois.

— Ouais, les méchants aiment ça aussi les bonbons, a rigolé Desbiens, tout fier de son petit jeu de mots.

Le gros, l'énorme sac vert, fruit de tant d'efforts (!), passa, en moins de deux, en d'autres mains. Et c'est là que je me suis souvenu d'une maxime de ma mère. Elle me rabâchait souvent les oreilles avec cette phrase : Bien mal acquis ne profite jamais.

Ce soir, ma mère avait raison. Pour une fois, pour la première fois de ma vie que je déviais un peu de la ligne droite, disons, il fallait que ça se retourne contre moi. Et aussi rapidement en plus.

L'arroseur arrosé.

Le voleur à son tour volé.

S'ils savaient ça, les petits de troisième, ils rigoleraient entre

deux pleurs, la tête dans leur oreiller.

Je n'en menais pas large. Mais Dubuc ne semblait pas satisfait. Une idée le turlupinait. Je ne savais pas quoi, mais je le sentais.

— Ta montre !

— Quelle montre ?

— Ne fais pas l'abruti.

— Ce... ce n'est pas ma montre, c'est celle de mon frère.

— Pas grave. Elle marche bien ? demande Dubois.

— Oui, elle fait même bip-bip à toutes les heures.

— Parfait. Donne-la-moi !

— Mais je vais me faire tuer par mon frère*!

_____

* Nous avons la même mère, mais mon frère est loin d'être doux comme elle. C'est quand même bizarre les liens du sang !

— Ça ne nous regarde pas tes affaires de famille, a dit Desbiens qui restait toujours en retrait.

C'est lui qui avait suggéré l'idée, j'en étais sûr. Dubuc s'est avancé et a saisi mon bras qui cria au martyr. En moins de deux

secondes, top chrono, sans bip-bip, je n'avais plus de montre, plus de bonbons et plus de fierté. Mais j'avais encore la vie sauve. C'est toujours ça de pris.

—Allez, va-t-en moustique, cria Dubois et je ne veux plus te voir dans les parages !

Dans le silence le plus honteux de ma vie, j'ai pris la rue Beaubien, à petits pas, pour m'en retourner chez moi. La déception ralentit toujours nos pas.

Il était sûrement plus de neuf heures et demie donc, pas la

peine de se presser. Il était maintenant sûr et certain que je me ferais tuer par mon frère Raymond à cause de la montre. Et que je me ferais tuer une deuxième fois par ma mère parce que j'arrivais en retard.

Mourir deux fois dans la même soirée, c'était vraiment pas ma journée !

J'ai continué à marcher comme un condamné à mort. Il devait être passé dix heures quand j'ai franchi le seuil de l'appartement. Ma mère était énervée, inquiète. Mon frère furieux, car il venait déjà de s'apercevoir : un, que je revenais les mains vides, deux, qu'il s'était passé quelque chose, et trois, que mon poignet était aussi vide. En effet, il avait constaté très vite que sa chère montre avait disparu.

Et c'est là que j'ai fait semblant de pleurer.

C'est une arme secrète, la der-
nière arme, en fait, des pirates.
Généralement, ils l'utilisent lors-
qu'ils sont sur le bout d'une longue
planche, en haute mer. Parfois,
s'ils sont malchanceux, il y a des
requins qui nagent, en rond, pas
trop loin.

J'ai donc fait semblant de pleurer, mais quand les sanglots ont atteint mon menton, je me suis mis à pleurer pour de vrai. C'était plus fort que moi. Ma mère m'a pris dans ses bras. Mon frère Raymond hurlait encore dans le salon...

Mon père, lui, n'a rien dit, il travaillait de nuit.

3

Quand ça fait
bip-bip !

Les soirs d'Halloween, c'est ce que j'ai appris plus tard, la police patrouille dans les rues et veille encore davantage à la sécurité des enfants.

Dubuc, Desbiens et Dubois étaient assis sur des balançoires au parc Jarry lorsque deux policiers ont passé près d'eux.

—Qu'est-ce que vous faites là ? a demandé le policier.

—On mange des bonbons, ça ne se voit pas ? a dit Dubuc en faisant le fanfaron.

Le policier n'a pas tellement aimé sa réplique.

—Je trouve que vous êtes pas mal grands pour passer l'Halloween, a rétorqué l'autre constable.

—Ouais, mais nous autres on n'a pas besoin de costumes pour se promener tard le soir…

Dubuc, Dubois et Desbiens se sont mis à rire très fort, mais pas assez fort semble-t-il pour couvrir un bruit inusité : bip-bip ! bip-bip ! bip-bip ! Les policiers ont trouvé ça louche un sac qui fait bip-bip ! Et en moins de temps qu'il en faut pour crier au voleur ! les trois D se sont retrouvés au poste de police.

En les voyant rentrer, le policier de service a dit :

—Salut Ernest ! Tu passes l'Halloween cette année ?

—Oui, et je vous ai rapporté quelques bonbons ! a-t-il répondu, en leur lançant quelques réglisses et des tablettes de chocolat.

—Hum ! délicieux ! Et c'est gratuit en plus !

Les policiers qui ne sont pas méchants aiment bien aussi les bonbons.

4

Un peu de magie

Ce soir-là, l'impossible, comme dans les vues, est survenu. De la magie, de la chance ou une autre affaire du genre : Bien mal acquis ne profite jamais. Toujours est-il que mon oncle Ernest est arrivé chez nous un peu après onze heures dans son autopatrouille. Une autopatrouille, ça veut dire que les policiers, dans leur auto, n'ont pas la trouille*.

—As-tu le temps de prendre un café ? a demandé ma mère, à son frère Ernest.

—Non, pas vraiment. Je suis en service commandé. Et toi, ça va mon petit Robert ?

Entre deux pleurs, mon oncle Ernest, fin limier, a deviné que ça n'allait pas du tout.

—Dommage, a-t-il ajouté, car j'ai retrouvé ton sac de friandises… et la montre de ton frère Raymond. La bande des trois D est au poste. On les interroge par la même occasion pour une série de vols à l'étalage.

—Mais comment avez-vous fait, mon oncle, pour savoir que c'était mon sac ?

---

* Moi aussi, je peux faire des jeux de mots faciles comme ceux de Desbiens.

—Un jeu d'enfant, mon petit Robert. Dans le sac, il y avait la montre de Raymond qui faisait bip-bip sans arrêt. On a même pensé, mon collègue et moi, qu'il y avait une petite bombe artisanale dans le sac. Et à l'endos de la montre, il était écrit : *À MON*

RAYMOND POUR TOUJOURS, TA
MARIE-LOU...

Ma mère a regardé mon frère
d'un drôle d'air. Raymond en a
profité pour regarder ailleurs.

—Ernest, tu es formidable !
s'est exclamée ma mère. Allez,
Robert, dis merci à ton oncle.
Et Raymond aussi, viens. C'est
bien la moindre des choses,
non ? Vous voyez, les enfants,
je vous l'ai toujours dit : Bien
mal acquis ne profite jamais.

❑

En me rendant à ma chambre,
je sentais que mon sac de friandises était un peu plus léger ou
que j'étais plus fort... je ne sais
pas. À la réflexion, il était au moins
deux fois plus léger, mais j'étais
mal placé pour me plaindre.

Dans l'autopatrouille, Ernest a croqué dans une grosse pomme rouge en saluant ma mère. Il avait un sourire accroché aux lèvres. Son fils, mon cousin Jacques, n'avait pas pu courir l'Halloween, cette année-là. Une vilaine grippe l'avait cloué au lit, comme on dit dans les romans. Mais cela ne l'a pas empêché de manger des bonbons durant des jours et des jours ! ai-je appris plus tard.

Quant à moi, je n'ai pas regardé les petits de troisième année de toute la semaine. Et, le samedi suivant, j'ai eu une indigestion épouvantable, inoubliable, inimaginable. Le déluge à côté de ça, ce n'est rien. Bref, pour faire une conclusion courte, j'ai pensé mourir cent fois.

En me soignant, ma mère me regardait d'un drôle d'air. Je l'ai même entendue murmurer, mais je n'en suis pas sûr :

Bien mal acquis ne profite jamais.

Robert Soulières

 Je n'ai jamais volé de sacs de friandises à des plus jeunes que moi... ni à des plus costauds. Je n'ai pas de frère et je n'ai jamais été malade pour avoir mangé trop de bonbons à l'Halloween... J'espère que je ne vous déçois pas trop.

Ce qui est formidable, quand on écrit, c'est qu'on peut inventer des tas de choses qui ne nous sont jamais arrivées. Ah ! le plaisir d'inventer... Et la magie de la lecture, c'est de croire tout ce qui est écrit.

Je trouve que l'Halloween, c'est une fête fantastique qui nous permet d'être quelqu'un d'autre durant quelques heures... et de redevenir celui que l'on est vraiment le reste de l'année.

À moins que ce ne soit le contraire...

Stéphane Poulin

Camille Monette

À l'Halloween,… chump… chump… crouch… lorsque j'avais six ans… croutch… croc… croc… slurp… miam… miam… j'ai ramassé… broup… crouitch… croutch… fluf… croc… tellement… chump… de … crouch… bon-bons… burp… crouch… crounch… croc… croc… croc… que depuis… slurp… ce temps… miam… miam…, je parle… crounch… crounch… chump… crounch… toujours… brout… brout… la bouche pleine… chump… chump… prout… brup !… Pardon !

MA PETITE VACHE A MAL AUX PATTES

Achevé d'imprimer
sur les presses de AGMV-Marquis
en août 2003